おじいちゃんの青春

平野　まや

Maya Hirano

文芸社

もくじ

おじいちゃんの入院

ここは、東松山駅、赤い鳥居のある駅。

私は、平野まや、高校一年生。今朝も満員電車に揺られて行って来ます。

皆はエスカレーターに乗っているけど、私は毎度のように階段を駆け上がる。いつものように制服のポケットに手を入れて……しまったー!! ううっ、もう。血の気が引いていく。ものすごい勢いで今上がった階段を駆け下りる。

でも、駆け下りてどうすればいいの? ピンチ!!

が、地獄に仏とはまさにこのことである。下りた所に中学時代の友人、健太郎たちがいたのだ。思わず、駆け寄る。

「健太郎、三百円貸して!」

「どうしたんだよ？　平野！」

「定期とお財布を忘れちゃったの……」

「……相変わらずだな、全く」

そんなことを言いながらも健太郎はお金を貸してくれた。

「ありがとう！　君は何ていい友達だろう！」

簡単に礼を言って、また階段を駆け上がる。急がないと今度は電車に乗り遅れる。一時限目、数学のテスト。昨夜の勉強が水の泡に……。

「帰りの電車賃はどうするんだよー！」

「……あいつ、変わってないね」

などという声を後ろに聞いて走っていた。

無事に学校へ着き、数学のテストも受け、友達に爆笑されながら一日を過ごし、家に帰った。

が、いつもと様子が違う。どうしたんだろう。

「ただいま」

「おかえり」

と、父の声。

「お母さん、ただいま」

居間の戸を開けたが母はいなかった。

「おじいちゃんが心筋梗塞で倒れて、埼玉医大に入院したんだ。お母さん、病院へ行っているんだ」

「え！　おじいちゃんが。大丈夫なの？」

「うん、今お母さんから電話で、応急処置も無事に終わり、これから帰って来るって」

「おじいちゃんは、運がいいからそんな簡単に死なないよ」

兄が言った。

私は、突然のことに頭がぼんやりしていた。

夕飯のとき、母が口を開いた。

「おじいちゃんは、戦争で、二回死にそうになったのよ。一度なんか死体置き場に置かれたのに、生き返ったのだから、今度も大丈夫。二度あることは三度あるっていうから」

皆、黙って聞いていた。

「二回も死にそうに……。おじいちゃん、戦争でどこへ行ったの？」

「ノモンハン事件で旧満州と、第二次世界大戦でビルマ（現、ミャンマー）へ行ったのよ」

「私、第二次世界大戦は、世界史で勉強したけど、ノモンハン事件なんて聞いたことないよ」

「ずっと、日本人に隠されてきたからね。実際は、事件どころではなく戦争だったんだ。多くの尊い命が、犠牲になったんだから」

世界史にくわしい父が、しみじみと言った。

ノモンハン事件

私は次の日、市立図書館へ行った。祖父が命をかけて戦ったノモンハン事件とやらを調べてみようと思ったのだ。

「ノモンハン」と書かれた本を、二冊見つけた。それは、多くの人が読まない本、とばかりに一番高い所に置かれていた。とてもじゃないけど届かないので、踏み台を見つけて取った。未知の出来事を知るときの、言いようもない興奮を覚えた。

家に帰って読み始めた。まるで祖父と一緒にタイムスリップしているようだ。

日本の資料書籍のほとんどは、歴史教科書はもちろん、いまだに「ノモンハン事件」と記している。しかし、この戦いのもう一方の当事国においてはこのような呼称はまったく通用しない。彼らは「ハルヒンゴル戦争」すなわち「ハルハ河戦争」と記憶しつづけているのである。（中略）

モンゴルと満州国の国境はハルハ河によって隔てられると主張した日本・満州国側に対し、ソビエト・モンゴル側は、ハルハ河より東におよそ二十キロメートルの線上、つまり満州国側に食い込んだ地上に国境線があると考えていた。

それぞれが、それぞれの国境防衛を理由に戦闘を開始したのである。戦名を、その戦場面積を考慮した地名であらわすとすれば「ハルハ河」と呼ぶ方がより正確になる。

日本で使われる地名「ノモンハン」とは、この草原に生きるモンゴルの遊牧民が信仰の対象としていた「オボー（小さな石を墓標のように積み上げた塔)」が建っていた陵(頂)、つまりある限定的な地点を指す名称に過ぎない。

(中略)

それではなぜ、日本軍は「ノモンハン事件」としたのか。それは、戦闘が始まって、あわてて地図を開いた参謀たちが、そこに「ノモンハン」なる地点を見つけ、現場からの報告によって「この辺らしい」と認定したからともいわれる。


無理もないと思った。まだまだ、外国との交流の乏しかった当時……。最初、私は本に載っていた地図に、祖父からの聞き覚えのあるノモンハンなる地名を見つけ、「ここに祖父は行き、戦い、運良く帰ってきた」と、漠然と思っていた。

しかし、「国境防衛を理由に戦闘を開始した」ところまで読み、愕然とした。多くの尊い犠牲者を出した戦いの理由が、あまりにも単純なものであったから……。国境を巡ってのいさかいは、以前よりあったらしいが……。

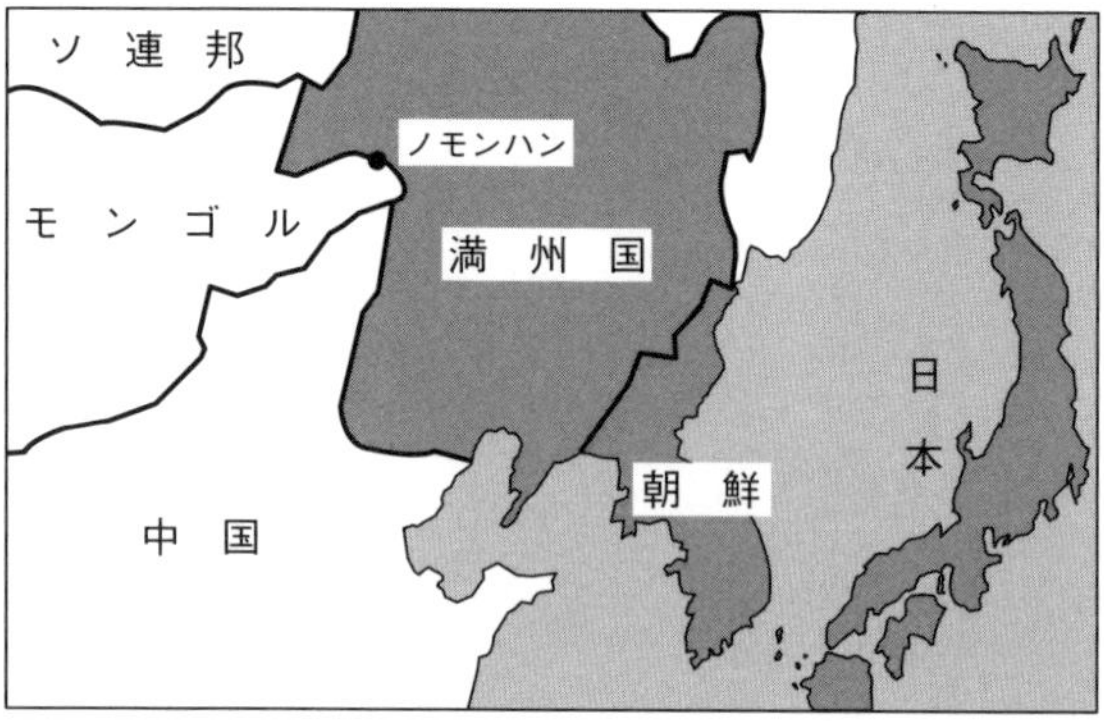

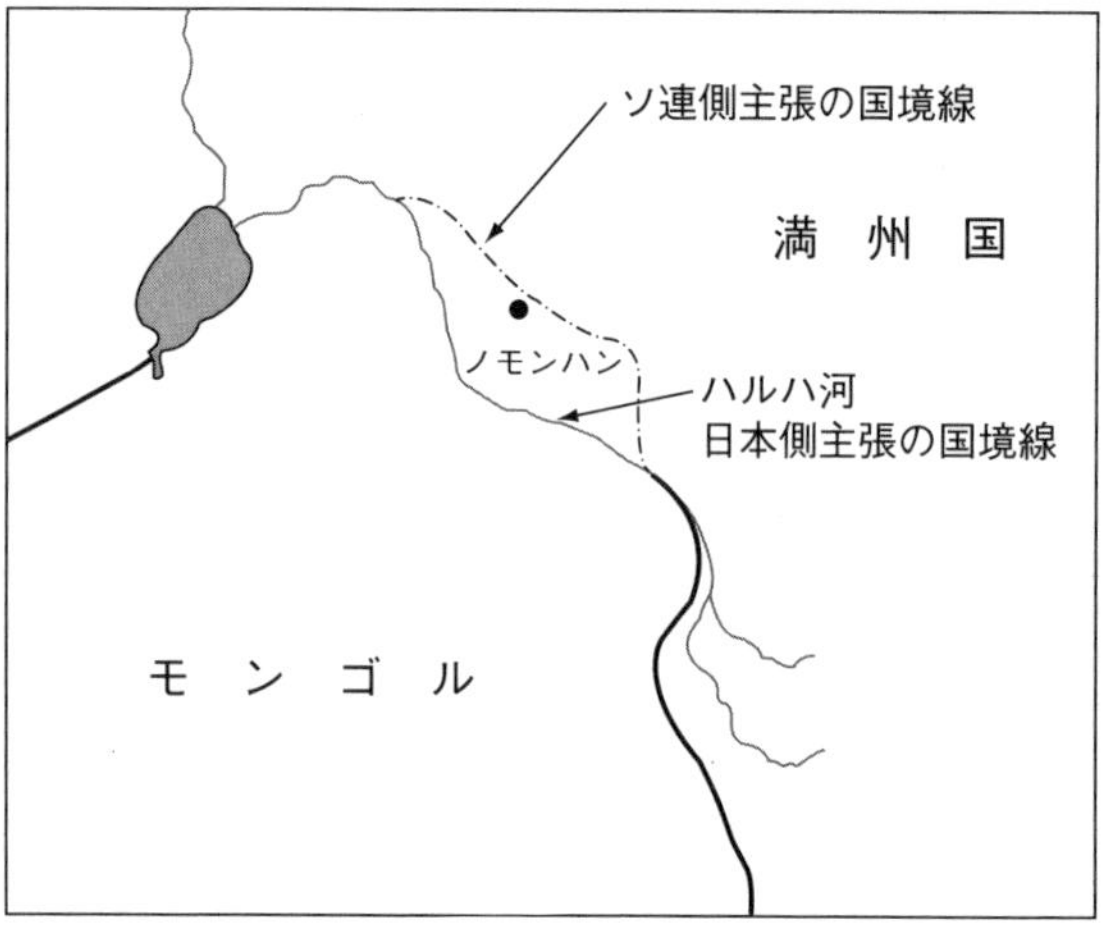

なぜ、戦ったのか

数日後。

「まや、食事にしない？」

母の声に、われに返り食堂へ。話題は、必然と祖父のことになった。

「どうなんだい、お父さんは」

「ええ、大丈夫。落ち着いているわ。……食事は、重湯のようで味がなくて、早く普通の食事がしたいと言っていたわ。……少し痩せてしまったみたい。……足が痛いと言うから少しマッサージをしてきたけど、本当に筋肉が落ちてしまって。……」

母は寂しそうだった。

「でも、もうじき退院でしょう？　退院して動けば筋肉もつくよ」

「そうだよ。お父さんは大丈夫だよ」

励ますように父が言ったが、母は黙っていた。

私は話を変えて、

「そういえば、ノモンハンの本読んだけど、何か空しくなってきちゃった」

「どうして？」

「だって、戦いの原因が国境争いだったなんて」

「戦争なんて、きっかけは皆そんなもんだよ」

「でも、それで多くの全く関係ない人々が理由も何も聞かされず、無理やり戦いに行かされ、亡くなったのよ」

「でも、裏にはもっと深いことがあったのではないだろうか」

「まだ私、少ししか読んでいないけど情けなくなったよ」

「私も少し読んだわ。父からの話でも、事件ではなくて戦争よね。おじいちゃんは二十歳だったそうよ」

「おじいちゃんは、戦争に行くのは怖くなかったのかしら？　もしかしたら死んでしまうかもしれないのに」

「本当にね」

「当時の学校では、国のため、天皇のために戦争に行くのは名誉なことだと教えていたんだ。なにしろ天皇は神様だったのだから」

「おじいちゃんは、陸軍に入隊したけど、とっても辛いものだったと聞いたわ。教育と称して突然全員を整列させ、スリッパで殴るのだそうよ。それが、三カ月も続いたらしいわ」

「酷いことをするのね」

「昔の軍隊は酷かったんだ」

「おじいちゃんは、昭和十四年に戦地に立たされ、砲弾にやられ大けがをしてしまい、二カ月入院している間に日本は負けてしまったんですって」

「多くの人が捕虜となり、捕虜交換が行われたんだ」

「ああ、そのとき後ろの方で、鉄砲を持って立っていたと言ってたね。相手が撃ってきたらいつでも撃てる用意をしていたって」

「でも、無事に昭和十七年に帰国できたからよかったけど。……ああ、以前おばあちゃんが昔のアルバムを見せてくれたとき、おじいちゃんが取っておいた新聞が出てきたの」

　母は新聞を探しに行った。母は新聞の切り抜きを私に見せてくれた。そこには、「歴史の暗部、ノモンハン事件から五十三年」と書かれていた。そして、「ロシアに残る旧日本兵」という大きな字が目に入った。

　そういえば祖父からは、捕虜交換が二回行われたこと、捕虜は日本兵の方が多かったので、日本へ帰ることのできない人はロシアに残り、囚人と結婚させられ、囲いの中で農作業をさせられたこと、そして、家族へは戦死の通知が届き、空っぽの箱が送られてきたことなどを聞かされていた。

新聞には、次のように記されている。

ノモンハン事件は旧日本陸軍が体験した初めての機械化戦で、事実上の日ソ戦争であった。一九三九年五月から九月までの戦闘で日本軍は完敗し、第二十三師団がほぼ全滅。一万八千人が戦死、戦傷したが、終戦まで一般国民には隠されていた。四百人以上が捕虜になったとされ、事件後、ソ連側との二回の捕虜交換で二百四人が引き渡されたことが戦後明らかになっている。しかし、捕虜の数は千人以上いたとされ、正確な数は不明のままである。

多民族国家のソ連には、おおらかなところがあるため、現地に溶け込んだまま結婚して、帰国しなかった日本兵もいたらしい。また、当時の日本軍には、「捕虜は恥ずべきこと」との考えが行き渡っていたため、家族に迷惑がかかることを恐れ、帰国を断念、ソ連国籍を取得した人も少なくなかったという。

本当にそうなのだろうか？

確かに「捕虜は恥ずべきこと」との考えが行き渡っていただろう。しかし、祖父の言っていた言葉が耳に残っている。

「帰りたくても帰れない人が多かったのでは……」

祖父は陸軍に入って三カ月間訓練を受け、旧満州に連れて行かれて戦地に立たされるが、すぐ脊髄に大けがをした。二カ月間ハルビン陸軍病院に入院し、運良く助かったが大変な手術だったようだ。でも、そのおかげで戦列から離れ、捕虜にならずに日本へ帰ることができたのだ。

もし、祖父が亡くなっていたら私の母は生まれなかったし、私も生まれていなかったわけだから、おじいちゃんの生命力に感謝、感謝。

私は、ノモンハンの本の続きを読んだ。

多くの兵隊たちは「ノモンハン」ではなく「ハルハ河」流域の草原で血み

どろの戦闘を強いられたのである。（中略）
この戦いは、日本側だけでおよそ一万八〇〇〇人に及ぶ死傷者……。（後略）

私は、日本がこれを事件と呼んでいることに疑問を持った。

この戦いは、モンゴルにとっては独立以来未曾有の、祖国防衛のための「戦争」であった。

世界で、ソビエトに次ぐ二番目の社会主義国家として歩み始めたばかりのモンゴル（モンゴル人民共和国）の悲劇は、実際の戦闘開始に先立つ戦争準備段階にもっとも顕著にあらわれる。

ソビエトは、モンゴル民族悲願の独立国家建設の承認をちらつかせつつ、モンゴルをアジアにおける対日本の防波堤・衛星国家に仕立て上げる極東戦略を組み立てていた。そのため、モンゴルは、モスクワにいるスターリンの徹底的な国内政治介入（というよりも支配）によって、強力にソビエト化を推進させられた。モスクワ指導部がいったん反ソ親日分子だと認定した者は、同じモンゴル人の手によって殺害・粛清されていった。その数は、（中略）およそ二万六〇〇〇人、実に当時のモンゴル国民の三〇人に一人の割合に及んでいる。それでも、モンゴルの人々は、ようやく成し遂げた民族独立国家実現の夢を途絶されることを恐れ、ソビエトの力の前に、日本側と戦うことを余儀なくされたのである。（中略）

ソビエト、中国、日本という大国の狭間で、モンゴル民族はそれぞれの勢力下に分断されていた。日本軍支配下の満州国に組み込まれてしまったモンゴル人たちは、モンゴル人民共和国（外蒙古）として独立した同族を敵として戦うことになった。

私たちは、一人の人間としてこの世に「生」を受け、親近者の十分な愛情や、安全で平和な社会に守られ、育てられてきた。夢や目標を持ち、将来を信じて生き、喜び楽しむために、私たちはこの地球に生まれたのだと思う。

でも、たまたまこの時代に生まれ青年期を迎えた人々の「生」は、未来、いえ明日の目標も夢も持つことを許されず、今日一日の自由も与えられなかった。そして、なぜ自分が戦わなければならないか、その理由も知らされず、自分が死なないために、殺されないために、敵と称する人々と銃の引き金を引き合い、多くの尊い命を露のように塵のように散らしたのだ。もしかしたら(前世というものがあるとしたら)、兄弟、または親子、恋人だったかもしれないのに……。

「調べていけばいくほど空しくなってきましてね。(中略)昭和一二年に、日中戦争が起こって、どろ沼化し、その間にノモンハンの大敗北があり、そしてノモンハンの敗戦からわずか二年で太平洋戦争をやる国です。合理的な、きちんと統治能力を持った国なら、そんな愚かなことをやるはずがない。……（後略）」（『プレジデント』九六年九月号　半藤一利「司馬遼太郎とノモンハン事件」）

これは、司馬遼太郎が死の一年前に語った言葉である。そして、彼はノモンハン事件の執筆を依頼されたが断筆した。

一九四五年。日本敗戦の年。のちに司馬遼太郎というペンネームを持つことになる二二歳の青年・福田定一は、アメリカ軍の本土上陸迎撃要員として栃木県佐野市に配属されていた。

戦車隊の兵士であった福田定一は、いざそのときが来れば、狭い佐野の道路は避難民であふれかえるにちがいなく、そのような状況で戦車が出撃できるか疑問を感じたという。この疑問に対する上官の答えは、彼にとって、はなはだ恐るべきものだった。
「(進軍の邪魔になる国民は) 轢《ひ》き殺してゆけ」
国家がおこす戦争の正体を彼はこのとき見た。(中略)
この体験が小説家になる動機になったと彼は言う。

私も、なぜノモンハン大敗北からわずか二年で、太平洋戦争に突入したのか分からない。

司馬遼太郎が数多くの時事評論やエッセイで指摘するところによれば、「ノモンハン事件」における日本軍壊滅の原因は、軍部が「統帥権」を侵したところにあった、ということになろう。
「統帥権」とは、国家の軍隊に対する指揮・命令の最高権力であり、当時の日本においては、昭和天皇にその大権があった。(中略)「ノモンハン事件」を大規模な「戦争」にまで発展させ、多くの死傷者を生んだ悲劇は、この大権を無視し、あるいは利用した軍部(関東軍)に起因するというのである。

私は、ある本を思い出した。大隈重信が首相のときに、日本が第一次世界大戦に参加してしまったことが書かれていた本である。あのときも、大隈重信の一言で決まってしまったのだろうか?

今、日本を統率している人は、日本の歴史を振り返り、国民の一人の命も無駄にしてほしくない。どんな人間にも、この世に生を受けた意味はあると思うから。

〝統帥権〟を持つ人、それに準ずる人々には大きな責任が伴う。同じ過ちを二度と繰り返さないでほしい。そして、決して嘘をつかないでほしい。

国家は国民の平和と安全を守るためのものだ。文章や口頭で子供たちに教えている立派な大人が模範を示してほしい。二度と国民を犠牲にする戦争をしないでほしい。どんな戦争もしないでほしい。

祖父はお酒を飲むといつも言っていた。

「日本軍の戦車がいくら砲撃しても、ソビエト軍の戦車はびくともしなかったよ。逆にソビエト軍の戦車が発砲すれば、日本軍の戦車は簡単に装甲を撃ち抜かれてしまったんだ」

彼我の戦車の差は、マシンガンと火縄銃の差に等しい。

そこには、成人したばかりの若者が、否応なく恐怖の中で死と捕虜を覚悟して戦った「戦争」があった。

一応、机に向かってはみたものの、ページが先に進まない。祖父が今、病院で病気と戦っている。

そして祖父の二十歳から二十九歳までの青春時代は返ってこないのだ。一番いい時を返してあげてよ……。もし、祖父が亡くなったら、私は神様を信じない。一枚の赤紙で否応なく戦地へ送られた、祖父の青春時代を今の命に加算してよ。

私は今、自由に平和（?）に、やりたいことができる。それは本当に感謝している。

でも、平和に見える状態も、いつまで続くのか不安だ。

二〇〇一年九月の同時多発テロ。そのテロの指導者に対する反撃で、アメリカが空爆を何回も繰り返した。そのために亡くなった一般市民の数は、テロで亡くなった人の数を超えた……。

何で、いつも一番の被害を被るのは、関係のない弱い人なのだろう?

数日後、電話のベルが鳴る。伯母からだった。

電話を終えた母は、

「私もあまり仕事が休めないし、困ったわ。お姉さんも都合が悪いんですって」

すると、また電話が……。今、切ったばかりの伯母からである。

「弟の奥さんに頼もうかと思ったけれど、やはり都合がつかないようなんですって」

と、困ったような母。また、電話。今度は祖母からだった。

「一日病院行くの休むから、心配しないで」

(あーあ、この間、祖父が倒れたときは、皆びっくりして心配していたのに。少し良くなったら自分たちの都合を言いだして)

私は、祖父や祖母が可哀想になってきた。でも皆の気持ちもよく分かる。皆、それぞれ自分たちの生活があるのだから。

郵便はがき

恐縮ですが
切手を貼っ
てお出しく
ださい

160-0022

東京都新宿区
新宿1−10−1
(株) 文芸社
ご愛読者カード係行

書　名			
お買上 書店名	都道府県　　市区郡　　書店		
ふりがな お名前		大正 昭和 平成　年生　歳	
ふりがな ご住所	□□□-□□□□	性別 男・女	
お電話 番　号	(書籍ご注文の際に必要です)	ご職業	

お買い求めの動機
1. 書店店頭で見て　2. 小社の目録を見て　3. 人にすすめられて
4. 新聞広告、雑誌記事、書評を見て(新聞、雑誌名　　　)

上の質問に1.と答えられた方の直接的な動機
1. タイトル　2. 著者　3. 目次　4. カバーデザイン　5. 帯　6. その他(　　　)

ご購読新聞　　　新聞	ご購読雑誌

文芸社の本をお買い求めいただき誠にありがとうございます。
この愛読者カードは今後の小社出版の企画およびイベント等の資料として役立たせていただきます。

本書についてのご意見、ご感想をお聞かせください。 ① 内容について
② カバー、タイトルについて
今後、とりあげてほしいテーマを掲げてください。
最近読んでおもしろかった本と、その理由をお聞かせください。
ご自分の研究成果やお考えを出版してみたいというお気持ちはありますか。 ある　　ない　　内容・テーマ（　　　　　　）
「ある」場合、小社から出版のご案内を希望されますか。 する　　しない

ご協力ありがとうございました。

〈ブックサービスのご案内〉

小社書籍の直接販売を料金着払いの宅急便サービスにて承っております。ご購入希望がございましたら下の欄に書名と冊数をお書きの上ご返送ください。（送料１回210円）

ご注文書名	冊数	ご注文書名	冊数
	冊		冊
	冊		冊

捕虜の悲劇

私はノモンハンの本の続きを読んだ。

ロシア軍事史公文書館が、今まで極秘とされてきた「ノモンハン事件」関係文書を公開し始め、私たち日本側のマスコミにもその後の使用条件なしで開示するという。

ロシアは、秘密にはしていたが文書を大切に保管していた。日本は敗戦国とはいえ、戦争に関する文書を抹消してしまった。なぜだろう？

事のはじまりは、ハルハ河東岸における国境警備に当たっていたモンゴル人民共和国軍と満州国軍による小規模な武力衝突であったとされる。（中略）ともあれ、ここには、お互いに外交交渉を重ねて合意に達した国境線というものはそもそも存在しなかった。（中略）

問題は、それぞれの国境警備隊が、それぞれの信じる国境線を侵犯した相手を「侵略者」とみなし、武力による現場での解決をはかったことにある。

戦闘開始の報は、ただちにそれぞれの国に駐留する大国の軍隊――日本軍とソビエト軍――に伝えられた。

関東軍（満州国に駐留していた日本軍）第二三師団（ハルハ河地区を担当正面としていた師団）は、小松原道太郎師団長の号令のもと、武力衝突発生二日後の五月一三日から一五日にかけて、捜査隊を中心とした部隊を急派、モンゴル軍を撃退し、これをハルハ河西岸まで退却させた。小松原師団長は、ここで、当初の目的は達成されたと判断し、現場に警備のための満州国軍騎

兵部隊をわずかに残したまま関東軍部隊をハイラルに引き揚げている。（中略）

しかし、この国境紛争に軍隊を送り込んできた日本に対して、ソビエト側も静観しているわけにはいかなくなった。（中略）この時、関東軍の航空隊はハルハ河西岸のモンゴル側監視哨を目標とした爆撃を行ったとされる。これに従えば、関東軍は、自分たちが主張する国境線すら越えて踏み込んだ攻撃を仕掛けたことになる。

ソビエト軍の本格的参戦は、こうして始まった。

再び、係争地域で敵の「国境侵犯」が行われたとの報が届いたのは、一次攻撃から部隊がハイラルに帰還した直後のことだった。小松原師団長は捜索隊に歩兵第六四連隊を加え、総勢約一六〇〇名に及ぶ強力な部隊を編制し、再出撃する決断を下す。

しかし、現場に到着した彼らを待ち受けていたのは、今度はモンゴル軍だ

けではなかった。（中略）自軍の五倍にも達する装甲車を配置した本格的なソビエト軍機械化部隊が……。（後略）

いつも、祖父が言っていた。「ソビエトの戦車は日本の三倍あった。びっくりした」と。また、祖父は、「おじいちゃんは捕虜にはならなかったんだぞ。だから帰ることができた」と言った。祖父の心の中にも、捕虜は恥ずべきこと、という思いがあったのだろうか？

それまでの日本軍には、（中略）捕虜という概念そのものが日本の軍隊教育の中にはなかったと言っていいだろう。

「（前略）捕虜交換で日本に返されると、そこで自決されましたがな。所属していた原隊からだと言われてピストル渡されてね」（中山一談《まさし》）

しかし、実際には、捕虜については国際的な取り決めの歴史がある。

もっとも知られているのが一九二九年の「ジュネーブ捕虜条約」（一九四九年改定）である。

（中略）捕虜は、それを捕らえた個人や部隊の権力のものではなく、捕虜抑留国が、その待遇において責任を持たねばならない。健康に重大な危機を及ぼす行為を禁止し、暴行・脅迫・侮辱・大衆の好奇心から保護されなければならない。（中略）

「ジュネーブ条約」が成立した一九二九年は、ハルハ河戦争の一〇年も前のことである。少なくとも、こうした国際条約の存在を知っていたなら、自らが捕虜となったとき、そして相手国の捕虜と接するようになったとき、その対応は随分変わっていたのではないかと考えられる。（中略）

この教育がなされていれば、やがて、アジア太平洋戦争で「知らずに」相手国捕虜を虐待したり、捕虜になるのを恥として「玉砕」「自決」で命を絶つような、あれほど凄まじい悲劇は起こらなかったのではないか。

これを読んで、私は沖縄のひめゆり部隊のことを思い出した。

数日後。明日は皆用事があって、誰もおじいちゃんの所へ行けない。夜、電話が鳴った。祖母からだった。

「おじいさん、手術するようなの。家族の者に承諾を得たいので皆に来てほしいと言うのよ。……明日は無理かしら?」

「職場に電話して、お願いするわ」

母は休みを何回も取っているので言いづらいようだった。

次の日、母は休みを取って祖母や叔父、伯母と病院へ行った。

実は、私は学校生活や友達のことで悩んでいたが、母には黙っていた。友達がいないわけではない。でも私は、何か違うと思っていた。自分が本当にそこに居ていいのか不安だった。居場所をはっきり見つけられないでいた。でも、家に帰ってまで学校のことを考えるのは嫌だったので、またノモンハンの本を読んだ。

私は、日本のことばかり、日本人のことばかり考えていた。だが、モンゴルのラマ僧のことを知り衝撃を受けた。

「一九三七年から三八年にかけて、多くの寺院が端から焼かれ、経文・仏典は河に捨てられたものでした。一万人を超える数のラマ僧が逮捕され、殺されました。（後略）」

ラマ僧たちは、殺されるときどんな気持ちだったのだろうか？　その答えがあった。

「(前略)ラマ僧は、いつも善い行いを積むことばかりを考えています。誰かが自分を攻撃し殺そうとしている。よし、今度は自分がそうしてやろうなどということは考えません。(中略)自分は善い事を行って生きてゆこうと決めてここまで来た。きっと幸福な生まれ変わりができることだろう。そう思っていたのではないでしょうか」

「私たちは恐れません。善い行いを積んでいるものは、何度殺されても必ず生まれ変わることができるからです」

一人の老人の言葉である。

なんだか、自然と涙が溢れてきた。汚れた醜い時代の中で、彼らがあまりにも美しかったからだ。

日本人捕虜の方の話もあった。引用すると長くなるので、抜粋して一部要約させてもらう。

森林代採労働を科せられていた日本人捕虜の方が、厳冬の森で凍死しかかっているところを、ある老人に発見され、家に連れて来られた。村人は村をあげて彼を匿うことにした。当時のソビエトにおいては、捕虜隠匿は極刑となる罪であり、村人も命がけの行為だった。やがて、彼とひとりのブリヤート女性が結ばれ、女の子が誕生した。彼は一九九〇年に亡くなるまで、ずっとブリヤート人として生きた。この日本人は、死の直前に「人を殺してはいけないという教えを固く信じていたので、ほとんど戦わずに捕まった」と、自分の娘に語っていた。

幼い頃、私も母から聖書を教えられた。この日本人はクリスチャンだったのかな？　やはり神様はいるのかな。でも、両親は息子が死んだと思って、どんなにか悲しんだことだろう。同じ地球に住みながら、とうとう息子の消息も分からぬまま両親は亡くなっていったのだから。

祖父の話によると、旧満州のハルビンでは寒さが厳しくマイナス三十度、しかもノモンハンではマイナス四十度にもなるそうだ。祖父たちは顔に防寒面（目だけ出す）という防寒具を着けていた。これは二枚一組で、一枚は毛糸、もう一枚は毛皮でできていたという。吐く息でまつ毛が凍ってしまうので、いつも目をこすっていたという話や、手袋も毛糸と毛皮の二枚、毛糸の靴下、内側が毛皮の防寒靴、そして重い防寒服を着て、歩くのも大変だったことなどを聞いた。

そんな気候の中で、凍死しかかったところを助けた老人、そして村人たちは、なんて勇気があったのだろう。

私は聖書の「善きサマリア人」の話を思い出した。

「ある旅人が倒れていた。その人は強盗に遭い、お金を取られ、けがをし、死にそうだった。そこに人がやって来る。一人は同国の人、次の人は信仰をしている偉い人。しかし、二人とも見て見ぬふりをして通り過ぎる。次に敵国の人が通りかかった。その人は一人の人間として見過ごすことができず、旅館に連れて行き、傷の手当てをし、元気になるまでの滞在費用を旅館に払い、後をお願いして立ち去る」

まさにブリヤート人は、日本人の本当に良い隣人だったのだと思った。そのとき私がブリヤート人だったら、自分の命の危険を顧みず日本人を助けただろうか……？

おじいちゃんの手術

夕食後、母が祖父の様子を話してくれた。

「手術をしないと、また、いつ発作が起きるか分からないので、手術をしたほうがいいと言うのよ。でもおじいちゃん、もう年だからいろいろ危険度が高くって……もう聞いていて怖くなってしまったわ」

「それでもするんだろ」

「おじいちゃんは、生まれつきとっても運の良い人だから今回も大丈夫だよ。ただ入院した病院の方角が悪い」と兄が言った。

「救急車で運ばれたのだから仕方ないよ」と父。

「病院を替えようよ」

「そんなことできないわよ。病院の先生もいい先生で、良くしてくださっているのだから」

母の言葉に、兄は怒ったように自分の部屋へ行ってしまった。

金曜日に予定されていた手術が、月曜日に変更になった。私と母は祖母の所へ行き、仏壇に花を供え、祖父の両親に手術がうまくいくように、守ってくれるようにお願いした。ノモンハンのときも太平洋戦争のときも、曾祖母は毎日日の丸を揚げ、自分の大好きなお茶を断って、息子の無事を願ったそうだ。きっと、今度も守ってくれるだろう。

祖母は、

「私は疲れないように、夕飯を食べたらお風呂に入って早く寝るようにしているのよ」

と語っていた。幸い、祖母と祖父は八歳違い。祖母が元気でよかった。

家に戻ってしばらくすると、兄が心配そうな顔をして帰ってきた。そして、ビニール袋を母に渡しながら言った。

「これ、おじいちゃんに。そばに置いておくように伝えて」

神社のお守りを持って帰ったのだ。そして、

「僕が、おじいちゃんがよくなるように祈っているから『大丈夫』と言って」

国家公務員になった兄も、今、こうして祖父の回復を心から願っている。祖父も、兄からお守りをもらったら喜ぶだろうと思った。

（ジリジリー）

一昔前（昭和初期かな？）の黒電話が鳴った。

「おじいちゃん、大丈夫？」

栃木の研究所に勤務していて、なかなか帰って来ない上の兄だった。

今度の休みに帰るという。皆がおじいちゃんのことを心配して、家族が一致している。めったにないことなので、少し嬉しかった。

生い立ちと戦争

祖父が手術室へ入っていった。病院の待合室で、私は母と話をした。

「おじいちゃんの生まれた頃って、電気はなかったんでしょ？　ランプでは大変だったろうね」

「そうね。まだ電気は行き渡っていなかったから。おじいちゃんの家は、お父さんが大工さん、お母さんが少しの田んぼと畑をしていて、貧しかったみたい。八畳一間に八人で暮らしていたそうよ。そう、おじいちゃん、よく『さつまいもをポケットに入れて、おなかが空くと食べた』って言っていたわ。さつまいもは、土地を選ばないからどこでもできるからね」

「ランプそうじもしたって聞いたよ。それに、下の子をおんぶして遊んだって」

「そう、六年も子供ができなかったのに、おじいちゃんが生まれたらどんどん赤ちゃんが生まれて。おじいちゃん、六人兄弟の長男になったのね」

「すごい。六人もいたの？」

「いいえ、生まれて間もなく亡くなった子が三人いたというから、本当は九人兄弟かしら？」

「すごい、頑張ったんだ。でも、おじいちゃんのお母さん、長生きしたよね」

「そう九十五歳で亡くなるまで、元気だったわね。まやも知っているように、第一次世界大戦が一九一四年に始まって、一九一八年十一月に終わっているから、おじいちゃんは戦争中に生まれたのね」

「よく、無事だったね」

「第一次世界大戦は主にヨーロッパが戦場だったし、日本の兵隊も、ほとんど戦わなかったの。もちろん日本の一般市民は、大丈夫だったのよ。でも、ヨーロッパの国々は大変で、多くの人たちが命を落としたのね」

「私、勉強したよ。第一次世界大戦は、ヨーロッパの主な国々は、二つに分かれて戦争をし、戦死した人の数は八百五十万、負傷者は二千万人もいたの。毒ガスを使ったり、潜水艦、飛行機、戦車なども使ったのよ」

「すごいわね。……本当に、人間が狂ってしまったのね。でも、おじいちゃんが生まれて間もなく、第一次世界大戦が終わったのね」

「一九二〇年に、国際連盟が成立したよね。もう二度と、第一次世界大戦のような戦争をしないという目的で。日本も加入したけど、でも、アメリカはしなかった。戦争をした国の人々が悪いことに気づき、反省して国際連盟をつくったのに……。あのときから平和になっていたら、どれだけ多くの人が幸福に暮らせたか分からないのに……」

「そうね。そしたら、おじいちゃんとおばあちゃん、結婚しなかったわね」

「え、どうして？」

「おばあちゃん、好きな人がいて、その人が戦争に行ってしまい、戦死の知らせが来たらしいの。それで、おじいちゃんと結婚して……。おじいちゃんも美男子だったから、随分もてたらしいし」

「じゃ、お母さんもいなかったから、私も生まれなかったかな……」

「でも、生まれ変わりを信じている人たちは、親しい間柄同士で、また、生まれ変わるって……。外見は違っていたかもしれないけど、きっと、生まれていたわよ」

「よかった。……」

「そしておじいちゃんが五歳のとき、関東大震災が起きたの」

「あ、あの大きな地震ね。おじいちゃんの家は、大丈夫だったの？」

「ええ、大きなカマのふたが落ちてきたけど、お父さんが抱いて守ってくれたので大丈夫だったらしいわ」

「でも、東京、横浜は大変な被害で、死者、行方不明者合わせて約十万人もいたって学んだよ。私ね、人間は殺し合うための武器を作るより、災害に備えて、知恵を出し合い、人間の命を守るためにお金を使ってほしいな。だって、命って再生できないもの」

「そうなのよ。でも、おじいちゃんが小学生の頃の教育は、お国のため、天皇のために戦うことは名誉だと教えていたの」

「全くばかげているわ」

「一家の柱が、家族のために働いて、家族を守らなくちゃ。夫や息子を戦争で奪われても、残された家族を国が守ってくれるわけではないでしょ」

「本当にそうなのに」

「日本は、一九三三年に国際連盟から脱退して、一九三七年には中国と戦争を始めて、おじいちゃんも二十歳のとき、召集令状が来て陸軍に入隊したの」

「それで死にそうになったのね」

「そう、ノモンハン事件でね。軍隊生活、すさまじい戦い、戦友の死、大けが。『もう二度と戦争には行きたくない』と思ったらしいわ」

「帰って来てから警視庁に勤務したのよね」

「そう、警視庁勤務だったら戦争に行かなくて済んだらしいの。でも、実習期間の三カ月の間に赤紙が来てしまったそうよ。一九四一年には太平洋戦争が始まったの。そして、とうとう一九四二年、二十四歳で戦地へ立たされたの。ノモンハンのような零下三十度～四十度の寒い国ではなく、今度は暑い暑いビルマへ」

「おじいちゃん、逃げちゃえばよかったのに」

「逃げても憲兵隊に捕まって、酷い目に遭わされたらしいの。そして、家族まで非国民と言われ、いじめられたみたいよ」

「ああ、いやだ、全く。国民は奴隷じゃない」

アメリカでは、黒人を売ったり買ったりして奴隷にしていたけれど、日本だって、国の上の方の人たちが国民を奴隷のように扱っていた時代が、長い間続いていたことを知った。

　また、第一次世界大戦のときには、戦争のおかげでお金持ちになった日本人もいたことを本で知り、尊い命の犠牲の裏にある、何とも矛盾した事実に空しさを覚えた。


　祖父が出征するとき、駅まで見送りに来た大勢の人々の目もかまわず、両親、兄弟たちが号泣したこと、美男子だった祖父を「最後に一目でも……」と、名も知らない若い女性がたくさん来ていたことも母から聞いた。

　祖父は、上海で炊事係を命じられた。しばらくすると、近所の料理家に魚や野菜を分けたそうだ。

　当時は奉公人が一年働いて八十円。祖父は三カ月で、家に仕送りを七百円もしたそうだ。でも、家には百円きりしか届かなかったことを、戦争から帰ってきて知ったらしい。

祖父は今でも金歯があるけれども、当時も歯に純金をかぶせ、笑うとまぶしかったそうだ。純金の時計をし、上官にも可愛がられ、随分昇格したと聞く。

それでも、戦地（ビルマ）に立たされ、目の近くに鉄砲の弾が当たり、野戦病院で手術をすることになった。祖父は八十三歳で目の手術（白内障）をしたが、そのときお医者さんに、目の奥に何かあると言われたらしい。でも、それが何かは分からないということだった。母と祖母は、「戦争でけがをしたときの後遺症かしら」と話していた。

多くの人々が病気と飢えと戦闘で亡くなった。祖父はマラリアにかかって虫の息になったとき、医者の「死体置き場に運んで」という声を聞いたと話してくれた。「もうだめだ」と思ったらしい。祖父と一緒にもう一人運ばれたそうだが、なぜ祖父だけが助かったのか？

「戦友が一睡もせずに看病してくれたんだ」

これは、お酒を飲んだときの祖父の口癖である。

そして次の日、奇跡的に良くなった。戦友が上官に知らせ、軍医が来て注射を打ってくれた。けが人や病人が多く、薬もわずかしかなかったのに、なぜか毎日注射をしてくれたという。そしてすっかり回復した祖父。私は思った。祖父は元気なとき、上官や戦友たちに親切をしていたのだ……と。祖父も大変だったけれど、日本も大変だった。

日本中が戦争の痛手を受けた。東京大空襲もあった。沖縄戦では、女子高生たちも看護婦として働き、米兵が上陸すると自決してしまった人がほとんどだった。

私が残念に思うのは、アメリカが原子爆弾を作ったこと。一九四五年八月六日午前八時十五分、たった一発の原子爆弾で広島市が一瞬のうちに死の街に。八月九日には、長崎にも原子爆弾が落とされた。

そして八月十五日、日本はポツダム宣言を受け入れ無条件降伏。国民に降伏を知らせる天皇の声が、ラジオで全国に流され終戦。

日本も戦中、戦後、幼子から老人まで多くの人々が苦難を強いられたが、ヨーロッパも大変だった。

私は中二のとき、市の海外派遣でオランダへ行き、そこでアンネ・フランクの隠れ家を見てきた。ヒトラーはユダヤ人をシャワー室と呼ぶ密室に入れ、毒ガスで毎日何百人も殺した。アンネもゲシュタポに見つかってしまい、ベルゼンの強制収容所で飢えと病気で死んだ。その三カ月後には戦争が終わっていた。ヒトラーは妻と自殺したと伝えられるけれど、どうして人間は、これほど恐ろしいことができるのだろうかと思う……。

戦争が終わっても、祖父は、すぐには日本へ帰れなかった。

「トイレの紙はバナナの皮を干して使ったんだよ。お金がたくさんあったと

きに歯にかぶせておいた金を、かなづちで取って日用品と交換し、皆に分けてあげたんだ」（かなづちで……。さぞ痛かったろう）

突然、捕虜から解放され日本へ……。白骨街道と呼ばれる道を通ったと話していた。ガイコツがごろごろ転がっていて……疲れてガイコツに腰掛けて「すみませんね、すこし休ませてください」と言ったらしい。

また、洋服がぼろぼろになっていた人は、死んでいる人の服を頂いたそうだ。毎日、死んでいく人々を見てきた祖父たちは、ガイコツなんて怖くなかったのだろう。

やっと、二十七歳で日本に帰ったけど、懐かしい駅に着いたときには誰の迎えもなかった。「出征するときには、あんなに大勢で見送ってくれたのに……」と、寂しい気持ちになったそうだ。

家に帰ると、一日も欠かさず日の丸の旗を揚げ、神様に無事を祈っていた祖父の母は、掘ったさつまいもを家の中で転がしていたという。

その日も、日の丸の旗が揚がっていた。近所の人々は、「トキさんが狂ってしまった。気が変になってしまった」と、噂をしていたらしい。

祖父の父も兄弟たちも喜び、その晩は、いつもは食べない米のごはんを炊いて祖父の帰りを喜んだそうだ。

終戦後のおじいちゃん

帰国後、祖父はマラリアが再発し、一カ月たっても働けなかった。医者が毎日往診してくれた。徐々にマラリアは良くなっていったが、祖父は働こうとしなかったそうだ。そんな祖父を兄弟たちは、「ばか兄貴!」とののしり、母親も「戦争で死んでいてくれたらよかったのに……」と言ったという。

私は、祖父の気持ちも、兄弟や母親の気持ちも分かる。

祖父は二十歳のときから、上官の教育と称する拷問を受け、ノモンハン事件とやらで醜い人殺しを強要され、乏しい食事と劣悪な環境下で戦いを強いられた。

私はノモンハン事件を、子供と巨人の戦いだったと思っている。武器も全く違った。それでも日本人は戦い、人を殺した。しかし、数カ月で完全な敗北。地形から見ても勝ち目はなかった。なぜなら相手は二メートルも上方から見下ろす場所で戦っていたのだから。日本の兵隊がどこにいるか丸見えだ。

祖父も日本の無謀な指導者のせいで、人生の中で一番いい青春時代を戦争に捧げ、大けがをし、一度は日本に帰ったが、また赤紙が来て否応なくまた戦地へ。二度目は暑いビルマ。そしてマラリアにかかり、一度は死体置き場に置かれた。友のおかげで助かったが、一年半も辛い捕虜生活を強いられ、突然解放。しかし、帰って来るのも大変だった。白骨街道と呼ばれる道を延々と歩き続け、やっと日本に帰ってきたのが、昭和二十一年の十一月二十八日の夜だったという。

ノモンハンで大けがをしたときに片方の耳が聞こえなくなってしまい、いまだに耳鳴りに悩まされていると、最近皆に話した。赤紙が来たとき、それを話していたら、戦争に行かなくて済んだかもしれなかったのに。

祖父は二十歳から二十九歳までの約九年間、精神的、肉体的苦痛にさいなまれてきたのだ。一年くらいで、元気になれるとは思えない。

祖父はお酒を飲むと言っていた。

「毎晩、死の淵をさまよう自分の姿、鉄砲の音、上官のどなり声、死んでゆく仲間の姿、ガイコツの山、捕虜の辛いときの夢を見た」


しかし、戦後間もない貧しい生活の中、生きてゆくのがやっとの状態だったから、祖父の家の人たちも、祖父の働きを頼りにしていたのだと思う。そう考えると、祖父の兄弟や母親の言葉も許せる。

毎日日の丸の旗を揚げ、お茶断ちをして、息子の無事を祈った母親。しかし、貧しい生活の中で、息子を亡くした近所の人々に恩給が出たのを知り、働かない息子を見て、つい言ってしまったのだと思う。

祖父は三十歳で祖母と結婚した。祖母もまた戦争中に青春時代を過ごしている。兄は戦死、好きな人もやはり戦争に行き、戦死したと聞かされていた。それでも、戦争が終わってから二年も待った。やっとあきらめがついて、祖父との結婚を決めたそうだ。しかし結婚式の当日、見物客の中にその人がいたという。

昔の田舎の結婚式は、お婿さんの家で執り行われた。窓を開け放していたから、近所の子供たちや呼ばれない人々など、誰もが自由に見に行けたのだ。

結婚後、祖父は家族のために働くことを決意。警視庁へ復帰した。しかし、当時の給料は安かったため家族を養えないと思い、祖父の父親がやっていた大工の仕事に転職した。朝五時から仕事をし、夜は営業。その甲斐あって、どんどん仕事が舞い込み、弟子になりたいという人もたくさん来た。祖父は弟

子を住み込ませて面倒を見た。多いときには七人くらいいたそうだ。祖母は朝からご飯炊きが大変だったと言っていた。二十一歳で結婚した祖母は、子供を生み育て、姑、舅、小姑に仕え、その上弟子たちの世話、そして経験のない畑仕事をこなしていた（私だったら一日ももたない）。

祖父は、戦争時代の貧しい生活の中でも、捕虜生活のことがいつも頭の隅にあったのだろう。

今にも倒れそうな開拓農民の家を直してあげ、貧しい生活をしている人を見るとその子供に、「中学を卒業したら私の家においで……」と勧め、彼らが来ると部屋や食事を与え、仕事を教え、給料をあげた。二百五十坪ほどの敷地だったがどんどん増築をし、私の母が中学のときには十二部屋あったという。そして、食事は一緒だったので、皆同じおかず。贅沢はさせてもらえなかったそうだ。

でも皆が一人前になり、結婚して祖父の所から出ていくと、着物店の人や宝石店の人が出入りするようになり、祖父は祖母や母たちのために着物や宝石を買ってくれたという。

祖父は、結婚後に親孝行を始めた。夏と冬、両親を十日間の静養に連れて行った。どんなにお金がなくても、毎年実行したそうだ。祖母はお金の工面が大変だったと言っていた。また、ほかの所へも旅行させてあげた。

祖父の父は七十四歳のときに、脳出血で突然帰らぬ人となった。当時、高校一年生だった母が学校へ行くとき、いつものように母の自転車を出してくれ、なくなるのを知っているかのように見送ったそうだ。そして、お昼前に亡くなった。

祖父の母は九十五歳で他界した。老衰だった。私が生まれて数年後、祖父が工務店で成功すると、三階建ての大きな家に住み、大好きなうなぎをよく食べていた。

祖父は本当にお母さんが好きで、戦争で孝行できなかった分を取り戻していたのだと思う。父親には、毎晩好きなお酒を飲ませてあげたそうだ。

祖父は、工務店と並行してアパート経営を始めた。当時アパートは、田舎には全くなかった。近所の人々からも、「アパートなんか建てたって、借り手なんか来るわけない」と噂されていた。直接、そう言ってくる人もいたらしい。お金がたくさんあるわけではなかった。全財産をはたいての勝負だった。大蔵省の祖母は「一文無しになって路頭に迷う覚悟だった」と話している。しかし、駅から近く、東京へ約一時間の場所だったので、アパートは全部ふさがり、成功。収入がどんどん増え、祖父は土地を買い足し、アパートを増やしていった。全部で四十所帯になった頃、近所の人たちや遠くの人々からもアパートを建ててほしいと頼まれ、仕事も忙しくなったそうだ。農家で土地をたくさん持っている人は、土地を売ってアパート経営を始めた。皆、借り手ができ、不動産屋も喜び、近所の人たちも喜んだ。

おじいちゃんの退院

二〇〇一年九月十一日、アメリカのニューヨークで同時多発テロが発生し、多くの人々が犠牲になった。その報復として、アメリカはテロ計画の主犯、アフガニスタンのラディン氏に対してミサイルを放った。その結果、誤爆もあって多くの一般市民が犠牲となった。子供たちまでが亡くなったり、けがをしたり、恐怖のために精神に異常をきたしたりした人もいた。そんな実情を知ると、本当に悲しい。

それなのに、今度はイラクである。アメリカは、イラクに対し、改めなければ戦闘の準備があると通告した。

いつも戦争の犠牲になるのは、自分の意思で行動できない兵士たち、そして一般市民や子供だ。親を失った子供たちは、どのように生きていったらいいのか。国が大人になるまで安全に保護し世話をしてくれるのか。とんでもない。戦争に負けた国にそんな力はない。日本も戦争中、戦後、親を失った子供たちは、親戚や近所の人々からも見放され、飢えや病気で亡くなった。皆、自分が生きるのに精一杯で、他人のことまで手が回らなかったのだから。


「そう、第二次世界大戦では皆、狂っちゃったのよ」

「でも、おじいちゃんのお母さん、夏も冬も十日間ずつ静養に行ったり、旅行に行ったり、立派な家で生活できたり、大好きなうなぎもたくさん食べられて、やっぱり息子が帰ってきて良かったと思ったでしょうね」

「そうね、私も両親に親孝行していないな。今はパートから帰ってくると家のことや夕食の支度で忙しくて、休みの日は疲れているのでゆっくりしたいし。でも、時間を作って少しでも孝行しなくては。おじいちゃんは二回も死の淵をさまよって戻ってきたのだから、今度も大丈夫よ」

「そう『二度あることは三度ある』よね、お母さん」


長く長く感じられる手術だった。祖母が母の所に来た。

「雅子、お父さんの手術が終わったわよ！」

祖父が手術室から出てきた。しかし、すぐには会えず、医者に呼ばれた。

「無事に済みました。危険度〇パーセントです」

やはり祖父は運がいい。

結局、祖父は予定より二日早く退院した。保険に入っていたけど、昔の保険なので三週間以上入院していないと保険は下りないそうだ。

「一日足りないのよ。でもお父さん、お金はいらないから、一日も早く退院したいと言うのよ」

「そう、じゃあいいんじゃないの。おじいちゃんは早く家に帰りたいのだから……」

祖母と母の会話だが、私は何のことだか分からなかった。家に帰り母から事情を聞き、

「ああ、もったいないことをした。もう一日いれば数十万下りたのに……私が欲しかった」

と、思わず言ってしまった。兄も、

「本当だよ、おじいちゃん、少しわがままだ」

母は、笑って言った。

「人間は、自由が欲しいのよ。お金より自由が欲しいときがあるのよ」

ともあれ、祖父は無事退院した。


それから、一年。

（ブルルルーン）

「あ、おじいちゃんだ」

「え、おじいちゃん」

ちょくちょく車でわが家へやって来る。

「こんにちは、病院の帰りなのよ」

祖母は一人でどんどん家の中へ。祖父は足が痛いので杖を突きながらゆっくり歩いてくる。迎えに行くと、

「まやちゃん、お昼ごはん買ってきたからね、まやちゃんの大好きなおまんじゅうもあるよ」

私は、苦笑いをした。いつもこんな調子なのだ。私があんこが嫌いなのを知っていて、わざと言うのだ。そして祖父はカツ丼が好き。しばらく祖母から止められていたので嬉しそうに食べていた。おまんじゅうは近所の人からの頂き物だった。

「まやちゃん、この間のバレエのコンクール、どうだったの?」

「あ、ビデオがあるんだ。見てよ！」

私は少し自信があったので、すぐにセットした。

「まやの衣装は地味だったけど、村娘の役だったし、高校生らしくてとっても良かったわ」

「これ、まやちゃんかい？」

びっくりして祖父が聞いた。

「うん」

「きれいだから分からなかった。写真、あったら欲しいなあ」

「カメラマンがパシパシ撮っていたから、そのうち注文書が来ると思うけど」

「楽しみにしていてね」

「ところで、まやちゃん、勉強のほうは大丈夫？」

お茶を入れ直していた私の手が止まった。

（きたきた、この話）

「そうなのよ、コンクールも終わったので、今度は勉強に力を入れてほしいと私も思っているの」

「まやちゃん、おばあちゃんは東大に行ってほしいな」

「はは、東大は難しいよね」

私は苦笑いをした。

「じゃあ、頑張って……孫が八人もいて……一人くらい東大に行ってほしいわ。ねえ、おじいさん」

祖父は静かに笑っている。

祖母は頭の良い子だったけど、家が貧しくて学校に行けず、働きながら通信で勉強したそうだ。そして戦争。戦争中も、大学卒の人と一緒に事務の仕事をし、二千五百円もの退職金をもらったという。自分では、かなえられなかった夢を、私に託しているのかもしれない。しかし、祖父は私に、こうしたらとか、こうしてほしいと言ったことがない。いつも静かに笑っている。

私は中学生のときオール5を取り、通知表を見せればお小遣いをもらえると思っていたら、

「なんだ、まやちゃん。クラスで皆五番なんだ。おじいちゃんは一番だったよ」

と笑った。祖母まで、

「私は、三番でしたよ」

ということで、期待がはずれてしまった。でも後で、祖母が内緒でお小遣いをくれた。そして、お年玉も少し増えていた。

平和の再認識

今、私は高二。今日は紫苑祭。朝五時に起き、髪をお団子にして学校へ。午後二時から私はお手前をするのだ。浴衣を着て帯を締めて。先生や祖母、母に教わり、結構上手に帯も結べるようになった。二時ちょっと前になると席（高校にある明治記念館の前の庭に用意されている）は、お客様でいっぱいになった。父と母が来ていた。ちょっと緊張したけれど、今まで練習してきた成果は出せたと思う。一段落したら文芸部のほうにも行きたいな。今年の六月頃に入ったのだ。文芸部では一冊の本を出した。私は詩と小説を書いた。一冊百円（印刷屋さんに出したので立派な本になったが赤字）。クラスではスープパスタのお店（お客さんがたくさん入りすぎて、また仕入れることになり、売れば売るほど赤字だという）をやった。あっという間に時間が過ぎて、今はもう思い出を話している。私の周りにいる温かな友達と私を応援してくれている先生と。本当に時がたつのは早い。私の周りは皆ぽかぽかしていて本当にあったかい。これが平和なんだろうな。字で表すよりずっと分かりやすい。

でも、これはごく一部の現象で、苦しんでいる人の方が多いというのは事実。日本だって毎日事件がある。毎日、何かしらで亡くなる人がいる。それを嘆き、悲しむ人がいる。世界という枠で考えたら……？

紛争が続いている地域もあるし、飢餓に苦しむ国も多い。第二次世界大戦から、もう半世紀以上もたったのに、やっぱり解決していない。人間は同じことを繰り返す。あれほど辛い思いをして感じたはずなのに。それは、多くの国で戦争を実際に体験した人たちが少なくなってきているからだろうか。伝える人がいなくなってきて、知らない者たちが増えたからだろうか。

今こそ、私たち、戦争を知らない若者たちが知らなければいけないと思う。そして考えれば、もう少し、冷静な行動がとれるのではないかと思う。命って大切なものだから。この世に唯一つのあなただから。

今、日本が抱えている問題の中で大きく取り上げられているものに、拉致問題と自衛隊の派遣に関する問題がある。どう、解決したらいいんだろう？

一つの国の中の問題だってなかなか解決しないのに、二つの国の間で、そしてそれ以上で……。でも逃げてはいけない。多くの命の問題だから。

日々の生活に追われるだけでなく、自分の生きている地球に皆が目を向ければ解決できるんじゃないかと思った。そして、それは思いやりの優しい心、他人への優しさがあれば、明るいニュースが増える、きっと。

「平和って何だろう？」そう、考えているあなたは平和なのだ。

私は今、十七歳という時を生きている。それは、ちょうど青春時代と呼ばれているものだ。私は本当に今が楽しい。友達とたわいないことで笑い合えるこの毎日が。そして、時間は惜しむ間もなく過ぎていく。こんな平和な生活を送る私たちの犠牲となった人がいるということを、あなたは信じるだろうか？　私たちの犠牲という言葉は正確ではないかもしれない。しかし、私たちが楽しんでいる青春時代を、戦争という魔物に奪われた人々がいることは事実なのだ。

その人々の中の一人が、私の祖父だった。

祖父たちが、今の私たちが描くような夢を抱くことは、到底不可能だった。ただ、生きたい、生きて日本に帰りたい、死にたくない、それだけを考えて、願って戦地に赴いていったのではないだろうか？　その夢さえもかなわずに、死んでいった人たちが何万いたのだろうか？　人が作り出してしまった魔物によって。その魔物とは、人の心の中の悪と呼ばれる部分が巨大化したものだと思う。そして、その魔物は自分を生み出した飼い主までをも襲い始め、誰にも止められなくなった……。憎き魔物は多くの命を喰らい、姿を消した。

それは、姿を消しただけでいつ現れるやもしれない。ちょうど、あの戦争から半世紀以上がたち、戦争を知らない人々で徐々に一杯になっていく今、私たちは改めて平和を再認識しなくてはならない、そう思う。

今、私の中に地層という言葉が浮かんでいる。突拍子もない話かもしれないが、あの地層のように戦争という層があり、その上に復興という層があり、そして頂上には私たちの今という層がある。そして、私たちの上には未来という、まだ手が加えられていない層が積もっていくのだ。

先ほど私は、私たちの犠牲となった人々がいると書いたけど、確かにその人たちが私たちに今という平和な時代を、結果的に与えてくれたのだと思えて仕方がない。だからこそ、私たちが同じ過ちを犯すことは許されない。そして、未来に魔物を再び出現させることも、戦争色に塗ることも決して……。

私は誰に命令されることもない自由なもの。
私は誰に命令されたのでもない。
自分の意思で探しているのだから。
何を？　一番の宝を。光り輝く宝石を。
何のために？　ただ知りたいから。知らせたいから。
それはダイヤモンド？　違うわ。
もっと輝いているものよ。
あなたはそれを持っているの？
あなたも持っている。
それは何？
命だよ。
当たり前すぎて皆きっと気づいてない。
でもそれが一番の宝。

そしてそれが真実。決して覆せない。
皆がそれに気づいたらもっと幸せになれる？　うん。
誰もが望んでいるのに……難しいのはなぜ？
私は誰にも命令されない自由なもの。
私は平和を願う。

あとがき

はじめまして。平野まやです。

今回、多くの方とのご縁により、本を出版することとなりました。とても嬉しい気持ちと、私に本当に書けるのかという気持ちがありましたが、私を支えてくださった皆さんのおかげでここまで来ることができました。

私を支えてくれた皆さんと、この本を取ってくれたあなたに感謝です。

さて、この場をかりて私の修学旅行についてお話ししたいと思います。私は高二の十一月に沖縄へ行きました。海はとても美しく、風は心地よく、私は沖縄に来たという喜びで満ち溢れていました。ですが、沖縄は見た目の美しさ以上に、奥に深い悲しみを歌う所でした。

私は、糸数壕という全長約二百六十メートルの長い壕に入ることができました。そこは、学徒隊の方が働き、戦時病院にもなった場所です。

入り口は低く、中に入ると何も見えません。ただ、暗い闇が広がっているのです。懐中電灯で照らさなければ歩くこともままなりません。それに地面はとてもでこぼこしているし、戦時病院というわりには、ベッドがあったような形跡も見当たりません。こんな所では満足な手当てもできないだろうに……。

そのまま、私たちは中央に進み、広がった場所で平和解説の方のお話を聞きました。そこは戦争のために精神を脅かされ、怯えきった人たちが一日中悲鳴を上げていた所でした。

私たちは一斉に自分たちの懐中電灯を消しました。そこに広がっていたのは漆黒の闇でした。目を開けていても閉じていても何も変わらず、周りに皆いるはずなのに気配が少しも感じられない。しっかりしていないと、自分がこの闇の中に吸い込まれてしまいそうでした。

その後、出口に出るまで私は無我夢中で、ただ足を動かしていただけでした。それは、解説の方の「壕というのは墓場とも言える」という話を聞いたからかもしれません。出口から地上に出たとき、日の光をとても懐かしく恋しく感じました。

一体、どんな思いでこの場所にいたのでしょうか。それは、今の私たちには計り知れないことです。でも、私は大切にしたいと思うのです。あの場所が残されていることを。私たちのような高校生のために入壕を許可してくれていることを。そして、あの場所で亡くなった方たちを。そして、あの壕のおかげで生き永らえた人たちがいることを。

あの壕に行けて本当に良かった。そう、思います。

世界がどんな方向に動こうとも皆で平和を大切にしていきたい。

命をもっと輝かせたい、これから私たちの手の中には良い未来が詰まっているから。

木枯らしが吹き始め、寒さがますますつのる中、
まれな小春日和の日

平野　まや

参考文献　『ノモンハン　隠された「戦争」』鎌倉英也著　日本放送出版協会

著者プロフィール

平野 まや（ひらの まや）

1986年9月4日、埼玉県生まれ。
乙女座、AB型。
趣味はミュージカル鑑賞、クラシックバレエ。

おじいちゃんの青春

2004年4月15日　初版第1刷発行

著　者　平野 まや
発行者　瓜谷 綱延
発行所　株式会社文芸社
〒160-0022 東京都新宿区新宿1－10－1
電話 03-5369-3060（編集）
03-5369-2299（販売）

印刷所　神谷印刷株式会社

ISBN4-8355-7247-5 C0093